AF446796

SOTA LA SUPERFÍCIE DE LES APARENCES

J. F. Rhodehouse

SOTA LA SUPERFÍCIE DE LES APARENCES

Quan el mal ens aguaita

EDITORIAL
Letra Minúscula

A Montse, la meva font d'ajuda i per la seva
paciència amb mi.

A Gloria, la meva mare, per ajudar-me en la
publicació d'aquest llibre.

Al nostre gat Tai, per acompanyar-me durant
les hores nocturnes d'escriptura.

Atenció:

Aquest llibre no està recomanat per a menors
de 16 anys.

Índex

Pròleg de l'autor.. 13

Capítol 1: El "Buda taronja".. 17

Capítol 2: La revelació 25

Capítol 3: Intimitat trencada 31

Capítol 4: L'encontre... 39

Capítol 5: Sota la superfície de les aparences..................... 45

Capítol 6: L'amulet... 51

Capítol 7: El mal ascendeix a la superfície........................ 57

Capítol 8: El mal emergeix de la superfície........................ 63

PRÒLEG DE L'AUTOR

Durant molts anys, la idea de publicar un llibre havia rondat pel meu cap de manera recurrent com un somni ajornat. "Sota la Superfície de les Aparences: Quan el Mal ens Aguaita" és una novel·la curta situada entre els gèneres de misteri i de fantasia urbana contemporània.

Aquesta novel·leta representa a banda de la meva primera incursió en la narrativa de ficció, allunyant-me d'altres escrits de caire més divulgatiu que he escrit, és també la culminació d'aquella il·lusió per escriure un llibre.

La publicació d'un llibre és una tasca laboriosa que exigeix temps i recursos. Des de l'escriptura inicial i les seves correccions, fins a la maquetació i el disseny gràfic, cada etapa ha estat un pas cap a l'assoliment d'un somni llargament esperat.

La teva decisió de descobrir aquest relat és un vot de confiança que valoro molt. Si després de llegir les següents pàgines trobes en elles una bona experiència, et convido a compartir la teva opinió a través d'una ressenya a Amazon o a altres llocs.

Les teves paraules no només seran un encoratjament per a mi, sinó també un impuls per a la creació de futures històries, potser més ambicioses. Ningú no neix ensenyat, i l'art d'escriure és un llarg camí d'aprenentatge continu.

Espero sincerament que gaudeixis de la història que estàs a punt de començar.

J. F. RHODEHOUSE

El mal és una il·lusió, una ombra de la realitat.

Saviesa celta

CAPÍTOL 1

EL "BUDA TARONJA"

El pis era un llenç en blanc, un futur a punt per ser pintat per les mans d'en George i la Montana. Des de la tranquil·litat del seu balcó fins a l'àmplia terrassa que prometia moments de relaxament i diversió, cada racó semblava amagar històries esperant a ser descobertes. No només els prometia una nova vida, sinó un lloc on els seus somnis trobarien forma i els seus secrets, el seu refugi. No obstant això, hi havia una figura que observava des de l'ombra, una presència que desafiava la privadesa que tant anhelaven.

Després de mesos de recerca, finalment havien trobat el pis ideal: un dúplex ubicat en un tranquil barri residencial. Estava situat a la tercera planta i disposava d'un balcó a la planta inferior, així com una àmplia terrassa a la planta superior. Ambdós espais tenien una orientació privilegiada cap al sud i oferien boniques vistes als patis interiors dels edificis del veïnat. Des de la terrassa, es podia gaudir d'una impressionant panoràmica dels camps de cereals i de les muntanyes amb els seus boscos de pins. Pinzellades de colors verds i grocs sota un llenç blau celeste.

El lloc resultava perfecte per al seu preciós gat de pelatge de color taronja, anomenat amb encert, Sunny. Que ràpidament s'havia aclimatat a la seva nova llar. En particular, li encantava la part de dalt del dúplex, on podia escalfar-se amb la llum del sol a través dels vidres del finestral i sortir a la terrassa, aventurant-se a recórrer les teulades confrontants amb curiositat felina.

Però just a la part posterior d'un bloc de pisos més aviat antic, a l'altre costat dels patis interiors de l'illa d'edificis, a uns trenta metres, vivia un home d'uns seixanta i pocs, de baixa alçada, cara rodona, sense pràcticament cabell i bastant rodonet. Duia unes diminutes ulleres rodones que accentuaven la seva mirada penetrant. Sempre vestia amb una samarreta de màniga curta de color taronja, com si el seu vestuari es limités a aquesta única peça, o com si tingués una col·lecció sencera de samarretes del mateix color. Amb una certa sorna, la Montana no va trigar a batejar-lo com el "Buda taronja".

Aquell enigmàtic veí, sortia a fumar de tant en tant a la seva terrassa, i en aquests moments, podien veure millor com els seus ulls foscos darrere d'aquelles ulleres es fixaven descaradament en el seu pis, travessant sense pudor els vidres del finestral que donava al seu balcó. Des de la seva privilegiada posició, podia observar el seu acollidor menjador i l'elegant escala de fusta i acer que s'alçava des d'allí cap a la part superior del dúplex. La resta del pis romania ocult a aquella mirada curiosa i desafiant alhora. Encara que també podia veure a la parella si s'aproximaven al límit sud de la seva terrassa.

Mentre gaudien d'un sopar a la terrassa en una calorosa nit d'estiu, la garlanda de bombetes que en George havia instal·lat, emetia una llum càlida i acollidora al seu voltant, creant un ambient íntim i agradable. La Montana intentava treure importància del peculiar comportament del seu curiós veí. Sabent que el veí de taronja es trobava a la seva habitació amb la porta de la seva terrassa oberta, potser escrivint o dibuixant sota la tènue llum ataronjada que il·luminava l'estança, va començar a parlar en veu baixa, temorosa que pogués sentir-la des de la distància. "George, segurament està sol i avorrit. Potser no té molt a fer i s'entreté observant als altres. No et preocupis massa per ell".

En George va assentir. "Tens raó, *carinyo*. Potser li falta una mica de distracció en la seva vida. Però les seves mirades constants em fan sentir observat, com si volgués escodrinyar cada detall de la nostra intimitat quan estem en el menjador"

La Montana li va agafar la mà per a reconfortar-lo. "No deixis que això arruïni la nostra felicitat en la nostra nova llar, *carinyo*. Gaudim del que tenim i no permetem que un veí xafarder pertorbi la nostra tranquil·litat".

En George va assentir de nou, no sense mostrar la seva preocupació. "Tens raó, però a vegades sento com si els seus ulls estiguessin pendents de la nostra rutina, de les nostres converses. I aquests dibuixos que penja a la seva habitació prop de la porta. Què poden significar? I si tenen alguna cosa a veure amb nosaltres?"

La Montana va somriure i li va posar la seva mà suaument en l'espatlla. "Vinga, amor, estàs deixant volar massa la teva imaginació. Ha de ser el seu passatemps. Dibuixa i després penja el que més li agrada allí, per a poder contemplar-ho".

Encara que en George volia acceptar les paraules reconfortants de la Montana, la sensació de ser observat continuava rondant al seu cap. Aquell home misteriós, el "Buda taronja", com l'havia sobrenomenat la Montana, s'havia convertit en un enigma per a en George. Quines intencions amagava aquell veí darrere d'aquella mirada penetrant darrere d'aquells vidres rodons i els enigmàtics dibuixos que penjava prop de la porta? De què temàtica eren? La curiositat d'en George estava augmentant cada dia que passava; era ja gairebé una obsessió conèixer el motiu per què els observava tant. Seria tan sols xafarderia? O tindria alguna mala intenció cap a ells?

L'endemà, en George es trobava sol a casa, immers en el seu treball enfront de l'ordinador. Com a programador, tenia l'avantatge de poder fer el seu treball des de la comoditat de la seva llar quan no era necessari assistir en persona a l'oficina. Des del seu escriptori, va escoltar com tossia el "Buda taronja" a la seva terrassa. "Quina tos més lletja" va pensar, "sembla que el tabac li està passant factura". Va veure que la porta de l'habitació d'aquell veí romania entreoberta, mentre els enigmàtics fulls de paper blanc en els quals dibuixava, onejaven capritxosament a la mercè del corrent d'aire.

La curiositat va envair a en George una vegada més. Donat que era un aficionat a l'ornitologia, ell tenia uns bons prismàtics per a observar ocells. Va decidir utilitzar-los per a poder veure què dibuixava el "Buda taronja" i penjava prop de la sortida de la seva terrassa. Pacientment, va esperar que abandonés l'habitació i es dirigís a una altra part del seu pis. I una vegada que va tenir camp lliure, va agafar els prismàtics i els va enfocar sobre els misteriosos papers penjants.

No obstant això, els fulls de paper no estaven orientats del tot cap al seu balcó; semblaven disposats cap a la taula que ocupava el "Buda taronja" a la seva habitació. L'inoportú corrent d'aire empitjorava encara més la situació, dificultant la seva visió. En sostenir els prismàtics, la perseverança d'en George va donar els seus fruits. En els dansaires fulls de paper, va poder entreveure un dibuix que li resultava curiosament familiar. En ell, semblava plasmada la figura d'un gat de color taronja, la qual cosa li va recordar al Sunny, el seu gat. I en la làmina situada just a sota, el dibuix d'un ocell que semblava tractar-se d'una garsa.

Just en aquell precís moment, quan en George estava a punt d'endinsar-se encara més en la contemplació d'aquells dibuixos, el veí va fer la seva entrada en escena. Va aparèixer de sobte a la seva habitació i va tancar la porta de fusta blanca amb vidres quadrats, amb determinació. En George es va veure sobtadament privat de la seva visió d'aquells enigmàtics dibuixos.

En George va sospirar resignat i va tornar a l'ordinador portàtil, submergint-se una vegada més en el seu treball. Passades unes hores, la seva estimada Montana va arribar a casa. Ella treballava en una botiga de roba en el centre de la ciutat. La seva presència sempre irradiava energia i vitalitat. La Montana destacava per la seva alçada i atractiu; la seva llarga cabellera de color castany clar emmarcava el seu rostre amb elegància. La seva vestimenta moderna i sofisticada reflectia confiança amb cada pas que donava. En contrast, en George, lleugerament més alt que ella, lluïa un cabell curt de color castany fosc i preferia un vestuari més clàssic i sobri. Malgrat les seves diferències, formaven una parella que encaixava a la perfecció, complementant-se en cada aspecte de les seves vides.

"Hola, *carinyo*!", exclamà la Montana, inclinant-se per fer-li un breu petó a la boca. "Com ha anat el teu dia?"

En George va alçar la vista i li va somriure. "Ha estat un dia tranquil. Saps que avui he aconseguit observar amb els prismàtics els dibuixos del 'Buda taronja'".

La Montana va arrufar una cella amb curiositat. "I què has vist? Dibuixa bé aquest home?"

En George va explicar: "Sembla que els dibuixa amb ceres o retoladors de colors, o ambdues coses. En un dibuix vaig veure un gat assegut de color ataronjat, molt semblant al nostre Sunny, i a l'altre el que semblava ser una garsa. Ja saps que és un ocell força inconfusible, amb els seus colors blanc i negre, i la seva llarga cua".

La Montana va seure a la vora de la taula, intrigada. "¿Un gat taronja i una garsa? Això sembla força peculiar".

En George va arronsar lleugerament el cap. "És estrany, oi?, que hagi dibuixat un gat tan semblant al Sunny, fins i tot portava un collar de color negre com el seu".

La Montana va reflexionar durant un instant. "Podria ser només una coincidència. Potser ha vist al Sunny passejant pels terrats. Igual que la garsa, ja saps que per aquí també s'aventuren des del parc que hi ha aquí mateix al costat".

En George va assentir, tot i que la seva expressió continuava sent pensativa. "Sí, és possible. La veritat és que no té massa importància. Per cert, no és un Rembrandt dibuixant, és més aviat un aficionat".

Junts es van dirigir a la cuina per preparar el sopar i gaudir d'una nit tranquil·la a la seva nova llar.

L'endemà, en George va passar tota la seva jornada fora de casa, immers en la seva feina. En tornar a casa, es va topar amb una escena inusual. La Montana estava dempeus al balcó amb una expressió inquietant en el seu rostre, mirant cap als patis interiors dels edificis. "Què passa, *carinyo?*", va preguntar en George mentre deixava la seva maleta amb el seu ordinador portàtil a un costat.

La Montana es va girar cap a ell amb una mirada de preocupació. "No trobo al Sunny. Estava dins de casa quan me'n vaig anar, però ara no el veig per enlloc".

En George va arrufar les celles, intentant recordar. "Potser vas obrir un moment la finestra-corredissa de la terrassa per airejar i va sortir fora sense que el veiessis".

La preocupació de la Montana es va intensificar. "Doncs si es va quedar fora tot el dia, podria estar perdut o li hauria pogut passar alguna cosa".

En George es va apropar a ella i la va abraçar suaument. "Tranquil·la, *carinyo*. Ja saps que el Sunny és un aventurer. Potser va decidir explorar una mica. Ja el coneixes, li encanta recórrer els terrats i tafanejar per allà. Segur que tornarà aviat".

La Montana va assentir, si bé encara se la veia preocupada. "Espero que tinguis raó. Només em preocupa que no li hagi passat res, o si algú li ha fet mal. Ja saps que hi ha gent molt cruel".

En George li va acariciar la cara amb tendresa. "L'esperarem junts, d'acord? Si triga a aparèixer, sobretot si passa l'hora del sopar, el buscarem".

La Montana li va somriure amb gratitud. "Tens raó, George. Sempre torna. Però fins llavors, no estaré tranquil·la."

Així, la parella es va quedar a la terrassa esperant el retorn del seu estimat gat, mentre compartien uns moments de suport mutu.

Després d'una estona, una garsa va aparèixer de sobte i es va posar a la pedra que cobria el muret de maons al límit sud de la seva terrassa; a tan sols uns metres de distància. La sorpresa va ser enorme en adonar-se que l'ocell sostenia al bec un collar negre amb cristalls brillants Swarovski que lluïen sota la suau llum del capvespre. Era el collar del seu gat, el Sunny!; de sobte, va ressonar un breu grall, característic de les garses, trencant aquell silenci glaçat. En George es va aixecar d'un bot de la seva cadira, ple d'inquietud. Just en aquell instant, el còrvid va alçar el vol, volant per sobre dels terrats en direcció oest, cap al parc, enduent-se amb ell el collar del seu estimat Sunny.

CAPÍTOL 2:

LA REVELACIÓ

Un nou grall ressonà a l'aire en la distància, com un eco de l'estranya escena que havien presenciat. La Montana estava visiblement alterada, amb la mirada clavada al punt on la garsa s'havia posat. "¿Pots creure el que acabem de veure? Aquella garsa portava el collar del Sunny! Com és possible?"

En George va dir força alterat. "És massa coincidència, no creus? Un dia després que veiés aquells dibuixos a l'habitació del "Buda taronja", desapareix el Sunny i després apareix una garsa amb el seu collar".

La Montana es mossegà el llavi nerviosament. "Què vol dir tot això? Que aquell veí sabia que aquesta maleïda garsa s'enduria el collar del Sunny?"

En George, amb cara d'impotència, va respondre. "No ho sé, *carinyo*, però trobo que és massa coincidència. Podria ser que el "Buda taronja" tingués alguna cosa a veure amb la desaparició del Sunny".

La Montana mirà a en George, amb incredulitat, intentant trobar alguna cosa racional. "Podria ser simplement una coincidència, no? Vull dir, potser el "Buda taronja" va veure al Sunny en algun moment, i també es va fixar en alguna garsa al parc i això el va inspirar a fer aquells dibuixos. No crec que tingui necessàriament res a veure amb la desaparició del Sunny. A més, com saps, les garses tenen fama de recollir objectes brillants i endur-se'ls als seus nius".

En George sospirà, pensant en les paraules de la Montana. "Potser tens raó, amor. Podria ser només això, una casualitat. Però continua sent estrany, no? Aquest veí està sempre allà observant des de la seva habitació, des de la terrassa. I aquells dibuix? Ho veig massa coincidència. Com una garsa es pot fer amb el collar d'un gat? Com li ho pot arribar a prendre? És un ocell, no una persona. Em temo que hi ha alguna cosa fosca darrere de tot això".

La Montana, encara amb la preocupació reflectida en el seu rostre, va decidir canviar l'enfocament de la conversa. "Deixem d'especular per un moment. El més important ara és trobar al Sunny. No podem quedar-nos aquí sense fer res."

En George va assentir, compartint la determinació de la Montana. "Tens raó, *carinyo*. Hem de fer alguna cosa. Però, per on comencem?"

La Montana va mirar al seu voltant, pensativa. "Crec que hauríem de començar preguntant als nostres veïns. És possible que algú hagi vist al Sunny o sàpiga alguna cosa sobre el que ha passat. Podríem començar per la veïna del pis a l'altre costat del replà".

En George va assentir de nou. "És una bona idea. El seu pis també té terrassa com el nostre i potser ha vist al Sunny a la teulada. Sí, anem a parlar amb ella".

La parella va trucar al timbre de la seva veïna amb una barreja d'ansietat i esperança. Mentre esperaven, van sentir un gos bordant a l'altre costat de la porta. Semblava ser un gos gran pel so dels seus lladrucs. Van passar uns minuts i finalment, una veu femenina va parlar darrere de la porta.

La veu sonava aguda i cansada, com si pertanyés a algú d'edat avançada. "¿Qui hi ha?", va preguntar, mentre mirava per l'espiell de la porta.

La Montana va prendre la paraula. "Hola, som els seus veïns, d'aquí del tercer segona.

"Després d'uns segons, la porta es va obrir lentament. Una olor de ranci i viciat es va estendre per l'ambient, impregnant l'aire amb una sensació d'humitat antiga. Darrere de la porta hi havia una dona gran, devia tenir gairebé uns vuitanta anys, d'alçada mitjana, amb els cabells llargs i platejats, força descuidats, i uns ulls grisos afeblits que semblaven contenir anys d'experiències. Portava un vestit llarg verd amb uns estranys símbols daurats brodats en ell. Al seu coll, portava un penjoll rodó de metall, amb la negra figura del que semblava ser un corb en ell.

"Sí, els he vist entrar al seu pis en algunes ocasions", va dir amb un somriure amable, mentre la seva veu ressonava amb una saviesa acumulada al llarg dels anys. El gos va bordar novament i la dona el reprengué immediatament. "Calla Balor!", exclamà la seva propietària, i el gos callà a l'instant. Era un gos més aviat petit, malgrat la seva veu contundent. Es tractava d'un terrier escocès de color negre; el seu ull dret semblava tenir una tonalitat una mica diferent, com si tingués algun problema de visió en ell.

La Montana va intentar semblar amable mentre explicava la situació. "Ell és en George i jo em dic Montana. El nostre gat, el Sunny, ha desaparegut i pensàvem que potser vostè l'ha vist".

La dona va assentir comprensivament. "Oh, quina pena, pobret animaló. Em dic Briony, encantada de conèixer-los. Per cert, com és el seu gat?"

La Montana va descriure al Sunny amb detall, esmentant el seu pelatge taronja i la seva inclinació a explorar les terrasses i teulades.

La Briony va semblava recordar per un moment, mirant breument al seu gos Balor assegut a terra amb una actitud submisa. "He vist algun gat per les teulades darrerament. En Balor sol avisar-me amb els seus lladrucs. Però cap d'ells coincideix amb la descripció del vostre gat, lamentablement".

A mesura que parlava, la Briony va arrufar les celles, com si estigués tractant de recordar alguna cosa més. "Per cert, em venen a la memòria els antics propietaris del vostre pis... també eren joves, com vosaltres. Van perdre un gat, un gat que mai més es va saber d'ell".

La Montana i en George es van mirar, sorpresos pel gir inesperat de la conversa. "Un altre gat desaparegut?", va preguntar la Montana, amb interès i una certa intriga.

La Briony va assentir, amb els seus arrugats ulls grisos mirant cap al passat. "Tenien un gat que simplement va desaparèixer sense deixar rastre. Mai van saber què li va ocórrer. Pobra parella, res va tornar a ser igual des de la desaparició del seu gat".

En George va indagar més en l'assumpte, una mica perplex per aquella revelació. "És curiós, veritat? Dues parelles en el mateix pis, i les dues perden als seus gats. Per què diu que res va tornar a ser igual?" Va preguntar molt intrigat.

La Briony va semblar canviar d'actitud, com si l'esment dels antics inquilins li portés records ombrívols.

"Aquella parella... van ser aquí a penes uns mesos. Va ser una cosa tràgica".

La curiositat d'en George va anar en augment. "Tràgica? Què va passar?"

La Briony va sospirar. "Quan el seu gat va desaparèixer, aquella jove no va tornar a ser la mateixa. Estava molt trista, melancòlica. La vaig veure unes poques vegades més, a vegades parlant sola. Fins que un dia va arribar una ambulància i se la van emportar".

La Montana es va mostrar intrigada. "I l'home?"

La Briony va negar amb el cap. "Mai vaig saber què va passar amb ell. Simplement, va deixar el pis i mai vaig tornar a veure'l. Crec que el banc es va quedar amb la propietat, una trista història..." va acabar baixant la mirada uns segons.

La parella va assentir en silenci, absorbida pel relat. L'obscura història dels antics propietaris del seu pis afegia un nou nivell de misteri. En Balor, el gosset de la Briony, semblava mostrar una expressió de curiositat per tot el que s'estava explicant allí.

La Montana va sentir una esgarrifança. "Creu que pot haver-hi algú darrere de tot això? Algun veí?"

La Briony va encongir lleugerament les espatlles. "Qui sap, maca. A vegades, el mal ens aguaita i no sabem d'on ens pot venir. Però no us preocupeu massa, no té per què succeir el mateix una altra vegada. Només faltaria. Espero que el Sunny torni aviat amb vosaltres. Si el veiés, us avisaria immediatament".

La Montana i en George, es van quedar força preocupats en haver sentit aquelles paraules. Van agrair l'atenció de la Briony i es van acomiadar. Mentre s'allunyaven de la porta, la història que els havia explicat sobre els antics inquilins continuava rondant en les seves ments, plantejant més interrogants sobre la desaparició del Sunny i el misteri que semblava envoltar a la seva nova llar.

CAPÍTOL 3:

INTIMITAT TRENCADA

Després d'una nit d'insomni causada per la xafogor i la inquietud que els havia generat la veïna, la parella es va aixecar amb el cansament dibuixat en el seu rostre. Tots dos se'n van anar als seus respectius treballs. En George aquell dia es va dirigir a la seva oficina, on va aprofitar per a dissenyar i imprimir còpies d'un cartell amb la fotografia del seu desaparegut Sunny, amb la intenció de distribuir-lo pel veïnat.

A la tarda, implacable, el sol abrasador de l'estiu encara es feia notar. La parella va començar a enganxar els cartells als carrers pròxims al seu bloc, en fanals i columnes, distribuint també alguns cartells en bústies dels edificis més pròxims a la seva casa.

Va ser enmig d'aquesta tasca quan es van creuar amb una dona, probablement tindria uns vuitanta o més anys, passejant sola pel barri. Mostrant-li la foto del Sunny, li van preguntar si havia vist al gat.

L'anciana, de petita alçada, amb cabell arrissat tenyit de color caoba, els va respondre que li semblava haver vist a un gat similar unes hores enrere, prop de la seva casa, però la seva certesa semblava trontollar en la seva veu. Els dubtes que manifestava van aflorar les sospites sobre la capacitat de l'anciana per a recordar bé les coses.

"Gràcies, senyora, per la seva ajuda", va expressar en George amb gratitud, veient que d'aquella dona no traurien res en clar.

"No es mereixen", va respondre la dona amb un somriure. Després la seva expressió es va tornar seriosa. "Vagin amb compte, joves. En aquest barri, com en molts llocs, s'amaga el mal, i no sols això, també pot actuar si s'ho proposa", va advertir. En aquell moment, van veure com tocava amb els seus dits tremolosos un crucifix que portava penjat en el coll.

Després de l'advertiment de l'anciana, en George i la Montana es van quedar mirant l'un a l'altre, intercanviant unes paraules en to pensatiu. "No et sembla rar que dues persones del barri ens hagin dit que anem amb compte amb el mal?", va comentar en George, posant una expressió d'intriga en la seva cara.

La Montana, assentint. "Sí, la veritat és que sí. Briony es diu, veritat? La nostra veïna, la que ens va explicar aquella història inquietant sobre els antics propietaris del nostre pis, això del seu gat i com van marxar d'una manera tan dramàtica".

La parella va seguir la seva cerca, abordant als qui passejaven amb els seus gossos al parc o caminaven pels carrers del veïnat. Quan van arribar al carrer de l'edifici del "Buda taronja", baixant des del parc les escales d'acer inoxidable. Van seguir el carrer cap a l'est, i en George es va detenir de sobte, contemplant el que havia de ser el portal de l'edifici d'aquell enigmàtic veí. Veient que les bústies es trobaven en el vestíbul i no podien entrar-hi fàcilment, va suggerir a la Montana la idea de fixar un dels seus cartells en una de les columnes de l'entrada. Així ho van fer, amb l'esperança que aquell home o altres veïns, en cas d'haver vist al Sunny, decidissin posar-se en contacte amb ells.

Els dies passaven, monòtons i sense novetats sobre on era el Sunny. La preocupació creixia en la Montana, qui se sentia profundament afectada per la pèrdua de la seva estimada mascota. El seu ànim es veia entelat i la seva vida adquiria un matís apàtic, com si hagués perdut una part del seu propi ésser.

En George, veient l'estat d'ànim de la Montana, un dia va decidir prendre cartes en l'assumpte. Va insistir que sortissin a sopar fora, tractant així de treure-la d'aquesta espiral de tristesa. Finalment, va aconseguir convèncer-la i van passar una vetllada agradable en un bon restaurant amb un ambient romàntic. En tornar a casa, abans d'adormir-se, van fer l'amor com no l'havien fet en molt de temps, lliurant-se l'un a l'altre amb gran passió. Això els va ajudar en certa manera a oblidar per un moment els últims dies d'ansietat i pena acumulada a causa de la desaparició del seu preciós felí ataronjat.

L'endemà, unes hores després que la Montana s'anés a treballar a la botiga, la figura del "Buda taronja" va tornar a captar l'atenció d'en George des del menjador. Mogut per una curiositat incontrolable, va decidir agafar la seva càmera fotogràfica digital, equipada amb un potent zoom que solia utilitzar per a fotografiar ocells, i es va dirigir a la seva terrassa en la planta superior. Des d'allí, tindria una millor vista del seu enigmàtic veí sense que aquest pogués veure'l tan fàcilment com des del balcó de la planta inferior.

Va apuntar l'objectiu cap a l'habitació del "Buda taronja" i va notar clarament que en aquell moment estava escrivint un manuscrit amb un bolígraf, la qual cosa afegia una nova dimensió a la seva misteriosa activitat artística.

Va prendre algunes fotografies de l'home vestit de taronja i després va dirigir el seu interès cap a la dreta de la taula, on una làmina de paper semblava contenir un nou dibuix. Va enfocar la seva càmera allí, augmentant al màxim el zoom i mantenint un pols ferm recolzant-se sobre el muret de la terrassa, va aconseguir veure amb detall el contingut del dibuix. La imatge que es va revelar el va deixar bocabadat i totalment sorprès. Sense perdre temps, en George va començar a capturar instantànies del dibuix, prenent una ràfega de fotografies abans que fos massa tard.

De sobte, va sentir la tos d'aquell veí fumador. Ple de temor davant la possibilitat de ser descobert mentre apuntava la seva càmera cap a la porta d'aquest, en George es va ajupir ràpidament darrere del muret de la seva terrassa. Va contenir la respiració i va esperar en silenci durant uns llargs segons. Després d'un moment de tensió, va agafar coratge i es va aventurar a mirar novament cap a la porta del veí, només per a trobar-la tancada. Amb el cor, encara bategant amb força i una mescla de nerviosisme pel que havia vist, va revisar les fotografies en la pantalla de la càmera i va decidir continuar amb el seu treball com va poder.

Hores després, la Montana va tornar de la feina, arrossegant amb ella la pesada rutina diària. La tensió que havia embolcallat a en George es va dissipar momentàniament amb la presència del seu amor. No obstant això, la incertesa sobre on era el Sunny continuava pesant sobre tots dos, com una ombra constant en els seus pensaments. Amb una mirada preocupada, la Montana finalment va trencar el silenci i va preguntar a en George si tenia alguna notícia sobre el seu estimat gat.

En George li va respondre que no hi havia novetats. La tristesa en els ulls de la Montana era palpable mentre assimilava la notícia, resignant-se a la realitat que havia arrelat en les seves vides. No obstant això, alguna cosa en la mirada nerviosa d'en George li va fer notar que alguna cosa li estava amagant.

La Montana li va preguntar, "George va tot bé? Sembles inquiet, et passa alguna cosa?"

En George, sentint-se culpable per mantenir ocult el seu descobriment, finalment va reunir prou valor per a parlar. De manera precipitada i amb un to nerviós, en George li va dir a la Montana que tenia una cosa important per ensenyar-li. La gravetat de la seva expressió la va inquietar, i la seva ment volava cap a possibilitats tant aterridores com esperançadores.

La Montana, amb una mescla d'emoció i ansietat, va preguntar de què es tractava. Per la seva ment passava el pitjor. Sense donar-hi més voltes, en George va treure la seva càmera i li va mostrar amb precaució les fotos que havia pres del dibuix a la Montana.

En el dibuix es veia clarament un home i una dona practicant sexe, els dos cossos nus estaven dibuixats amb traços subtils, la dona damunt de l'home i aquest tombat mirant cap a ella, els dos de perfil.

La Montana observava les fotos amb una expressió dubtosa en el seu rostre. "Sembla que aquest home va bastant calent", va comentar amb un somriure irònic. "Deu ser un pervertit que s'entreté dibuixant escenes eròtiques que imagina".

En George es va afanyar a explicar, tractant de mantenir la calma. "No et sembla molt casual, ahir vam fer l'amor, i l'endemà em trobo amb aquest dibuix. No em diràs que no és molta coincidència? A part dibuixa un gat i una garsa, i després desapareix el Sunny i veiem una garsa emportant-se volant el seu collaret..."

La Montana el va interrompre, tallant-lo de forma una mica impetuosa. "George, entenc que et sembli casual, però és només un dibuix. No hem de deixar-nos portar per teories absurdes. A més, no ens assemblem; encara que la dona té els cabells llargs i castanys clars com jo, li ha dibuixat uns pits més grans que els meus". Va comentar d'una manera burleta per a restar una mica de dramatisme a la situació. "I l'home del dibuix té els cabells curts de color castany fosc com tu, però li ha dibuixat un nas més petit que el teu", va acabar la Montana de manera sorneguera.

En George no podia evitar sentir que hi havia una mica més darrere de tot allò, que no era una mera coincidència. "Aquí hi ha alguna cosa que fa mala olor, amor. No pot ser tanta casualitat. I si aquest home ens espia amb una càmera oculta?, podria ser, no?", va dir en George alterat mentre s'aixecava sobtadament. Va començar a buscar amb rapidesa per tots els racons possibles del dormitori: parets, mobles, llums...

La Montana va observar la seva frenètica cerca amb una mescla de preocupació i consternació. "George, què estàs fent? No crec que hi hagi cap càmera oculta aquí. Això pot ser tan sols una coincidència. Aquest home ha de ser simplement un aficionat al dibuix eròtic", va dir la Montana, intentant restar importància a la situació i desviar els seus pensaments de teories conspiratòries.

Finalment, després de revisar minuciosament cada racó del dormitori i no trobar cap indici d'una càmera oculta, en George va desistir amb un sospir de frustració. Encara que continuava sentint que hi havia una cosa estranya en tot allò, va decidir concedir-li a la Montana la tranquil·litat que necessitava. "Potser tens raó", va admetre, deixant escapar una mica de la tensió acumulada. "És possible que estigui deixant-me portar per la paranoia". Amb un gest resignat, es va deixar caure al llit, tractant de dissoldre els seus pensaments més surrealistes.

CAPÍTOL 4:

L'ENCONTRE

L'endemà, en George va tornar a submergir-se en el seu treball des de casa, però la inquietud persistia i li era difícil concentrar-se. La revelació del dibuix d'aquell misteriós veí, el "Buda taronja", continuava ressonant en la seva ment.

Va decidir traslladar-se al menjador per a així poder observar si aquell veí obria la porta de la terrassa o sortia a ella. Després d'un parell d'hores, finalment el va veure sortir per a fumar-se un cigarret. En George va sentir que era el moment d'abordar l'assumpte i fer les preguntes que havien estat rondant la seva ment. Reunint valor, va decidir cridar l'atenció de l'home des del seu balcó.

"Disculpi, senyor!", va cridar amb determinació mirant al seu veí. "Vull parlar amb vostè. Sap alguna cosa del nostre gat? L'ha vist?" El veí va girar el cap vers a ell, amb una mirada carregada d'indiferència darrere d'aquelles ulleres rodones. Sense pronunciar paraula, va fer mitja volta i va tornar a la seva habitació amb el cigarret encès en la boca, tancant la porta de la terrassa després d'ell.

La reacció de l'home va deixar a en George sorprès i alhora frustrat. Aquell rebuig, sense ni tan sols pronunciar una paraula, el van enervar. La indignació i l'enuig es van apoderar d'ell i no va poder evitar cridar-li sense pensar-ho. "No sigui tan maleducat! Quin veí!", la seva veu estava carregada de frustració i ràbia en la mateixa mesura.

Les paraules van ressonar en l'aire, carregades de tensió i descontentament. En George va sentir una mescla d'emocions, des de la ràbia fins a la preocupació. Sabia que alguna cosa no encaixava amb el comportament d'aquell veí i estava decidit a esclarir aquell misteri.

Després d'aquell intent fallit de conversa, en George va decidir trobar-se cara a cara amb aquell veí. Pel que es plantejà amb determinació trobar-lo quan sortís al carrer. Començà a pensar quan podia ser el moment ideal. Durant els següents dies, va observar meticulosament la rutina del veí. Va adonar-se que, cada dia, al voltant de les onze del matí, tancava la porta de la terrassa, apagava el llum de la seva habitació i desapareixia. Una sospita va començar a prendre forma en la ment d'en George: potser a aquella hora, el veí sortia de casa, com una rutina diària. Amb aquesta suposició en ment, en George va decidir que l'endemà aniria a esperar-lo al seu carrer, prop del portal, a aquella mateixa hora.

El matí següent, a tres quarts d'onze, en George va sortir del seu edifici, dirigint-se al portal del bloc del veí. En tot just cinc minuts, va arribar al final del parc i va baixar els 66 esglaons metàl·lics que tenien les escales que separaven el parc del carrer del veí. Altres cinc minuts el van portar prop del seu objectiu, i va decidir esperar en el portal d'un altre edifici, gairebé davant de l'edifici on vivia el "Buda taronja". Per sort, allí no li tocava el sol, ja que el dia era molt assolellat i calorós. Va esperar pacientment. Algunes persones passaven caminant i el miraven breument amb cares de curiositat, però a en George això no li importava, ell estava determinat a poder parlar cara a cara amb aquell veí maleducat.

En George va mirar el seu rellotge, eren les onze en punt del matí, de moment res, però passats uns minuts, va detectar moviment en el vestíbul de l'edifici del veí. El seu cor va bategar una mica més ràpid en entreveure la figura de l'home vestit amb la seva distintiva samarreta taronja i uns pantalons curts color beix. No hi havia cap dubte, era el "Buda taronja". Amb el pols accelerat, en George va començar a moure's cap a ell. L'home, en notar la seva presència, va començar a augmentar el ritme dels seus passos en direcció a les escales que pujaven al parc. La tensió en l'aire era palpable mentre en George s'anava aproximant.

L'home avançava a un ritme sorprenentment ràpid malgrat la seva corpulència. En George es va adonar que caminant no podia aconseguir-ho i va decidir cridar la seva atenció: "Disculpi, senyor", va cridar, la seva veu ressonant al carrer. "Soc el seu veí de davant de la seva terrassa, voldria parlar amb vostè un moment". No obstant això, l'home de taronja ni tan sols es va dignar a girar el cap i va augmentar encara més la seva marxa.

En George tenia l'esperança que una vegada que l'home arribés a les escales, tindria l'oportunitat d'atrapar-lo en l'ascens. Però sorprenentment, va observar com el veí pujava les escales amb inusitada rapidesa, encara que l'home presentava certament un important sobrepès.

L'escena era bastant surrealista. El veí pujava les escales amb una agilitat inesperada, gairebé felina, i en George el perseguia impulsat per la necessitat de tenir respostes. La distància entre ells s'escurçava gradualment, i mentre el cor d'en George bategava amb força a causa de l'esforç de pujar tan ràpidament les escales, sabia que estava a punt de tenir una trobada cara a cara amb aquell misteriós veí.

En el moment en què va arribar al final de les escales, en George va considerar la possibilitat de començar a córrer per a atrapar-lo i forçar així una conversa. Just quan estava a punt de fer-ho, un grall agut va ressonar a la seva dreta. Instintivament, va desviar la mirada cap allí i va veure una garsa posada en una branca d'un arbre pròxim; el seu cor es va accelerar encara més.

Sorprès i confós, en George es va girar novament cap a on havia vist al fugitiu, només per a descobrir que havia desaparegut. Va córrer uns metres en la direcció que suposava havia pres l'home de taronja, però no va trobar cap rastre d'ell. Va mirar després enrere i va veure que la garsa també havia desaparegut.

Frustrat per aquella persecució fallida i amb un cor que bategava acceleradament, en George va decidir tornar a l'edifici del veí fugitiu. Va esperar al carrer on abans l'havia esperat, observant pacientment. No obstant això, com el temps passava i el veí no apareixia, en George va decidir intentar entrar en l'edifici, trucant als timbres dels veïns, fent-se passar per personal de la companyia del gas. Finalment, algú li va obrir el pany elèctric.

Una vegada dins de l'edifici, va buscar les bústies i va localitzar les de la cinquena planta. "John Lugh", va pronunciar en veu baixa, va pensar que aquest havia de ser la bústia de l'esmunyedís "Buda taronja", ja que l'altra bústia tenia etiquetat el nom d'una dona. Mentre esperava, una veïna de l'edifici va entrar del carrer i el va veure esperant en el vestíbul. Li va preguntar si estava esperant a algú, i en George li va respondre que esperava a en John Lugh, el veí del cinquè segona. La veïna el va mirar amb desconfiança i li va dir secament, "No sabia que el meu veí tingués amics".

La dona es va dirigir a l'ascensor sense dir res més, amb cara seriosa i una mirada de desconfiança cap a en George, va cridar a l'ascensor i va pujar en ell. En George, veient que havien passat uns minuts i que el "Buda taronja" no apareixia, per a evitar trobades incòmodes amb altres veïns, va decidir tornar a la seva casa. Amb cada pas que donava cap a la seva llar, la intriga i el desconcert augmentaven, mentre es preguntava quins secrets podria estar amagant aquell enigmàtic veí anomenat John Lugh.

CAPÍTOL 5

SOTA LA SUPERFÍCIE DE LES APARENCES

En George va arribar al seu pis, sentint-se inquiet. Necessitava respostes i no volia quedar-se així. Es va asseure enfront del seu ordinador portàtil i va començar a investigar. Va teclejar el nom "John Lugh" en diversos navegadors d'internet, esperant trobar algun rastre que el portés a entendre qui era realment el seu veí.

Els resultats de la cerca van ser diversos, però malauradament, semblava que cap dada encaixava amb el seu veí. No hi havia perfils en xarxes socials que es semblessin al seu veí, ni tan sols amb relació al seu hobby de dibuixar ni d'escriure. Tampoc va trobar cap pista afegint al nom, la població en la qual vivien. La manca de resultats només augmentava el misteri que envoltava a en John Lugh.

No obstant això, hi havia una cosa que va descobrir. Es va adonar que "Lugh" era un nom d'origen cèltic. Més encara, va descobrir que "Lugh" era el nom del déu celta del sol i la llum, la guerra, la collita, i estava associat amb l'art i l'artesania.

De sobte, un record va arribar a la seva ment. Va recordar a la seva veïna la Briony, la dona amb el vestit verd adornat amb aquells peculiars símbols daurats, que tenien un aspecte que podia ser cèltic. Una estranya idea va començar a prendre forma en la seva ment: I si la Briony, per casualitat, sabia més sobre aquell veí "voyeur" anomenat "John Lugh"? La possibilitat d'obtenir respostes el va impulsar a decidir anar a parlar de nou amb la seva veïna de replà.

Amb la decisió presa, en George es va dirigir cap a la porta de la Briony. Mentre estava a punt de tocar el timbre, va sentir un so familiar: el lladruc d'aquell petit terrier escocès. Però en aquesta ocasió, va escoltar darrere de la porta un agut "tssssit" que va fer callar al ca. Va tindre la sensació que l'estaven observant per l'espiell de la porta. Després d'uns segons, la porta es va obrir lentament i va aparèixer la Briony. Un altre cop va percebre aquella olor de ranci, com d'humitat antiga, que emanava del pis de l'anciana.

Els seus ulls es van trobar, i en George va poder percebre una mescla de sorpresa i curiositat en la mirada de l'anciana. "Oh, és vostè una altra vegada, el meu veí de davant!", va exclamar amb un somriure. La veu de l'anciana era dolça i arrossegada, tenyida de curiositat. "Què desitja, si puc preguntar-li?", va continuar, mentre el mirava expectant.

En George va començar disculpant-se, "Disculpi si la molesto. Volia preguntar-li de nou si ha vist al nostre gat el Sunny".

L'anciana va respondre: "Lamentablement, fa ja uns dies que no veig cap gat rondant per la meva terrassa. Fins i tot en Balor, el meu gos, no ha notat la presència de cap gat en les teulades o a la nostra terrassa".

Amb una expressió amable, en George va aprofitar l'oportunitat per a continuar la conversa. Li va preguntar a la Briony si sabia alguna cosa sobre un veí que vivia en l'edifici de sis plantes del carrer de més a baix, cap al sud, i que solia vestir sempre amb samarreta taronja. També el va descriure, esperant trobar alguna pista sobre l'enigmàtic "Buda taronja". La Briony va arronsar lleugerament el front i es va prendre un moment per a pensar.

"No recordo haver vist a ningú així pel barri", va respondre finalment la Briony, la dona semblava una mica contrariada. En George, sense perdre l'esperança, va decidir indagar una mica més. "Potser el nom 'John Lugh' li sona familiar", va insinuar amb cautela.

Quan l'anciana va sentir aquell nom, en George va notar que la seva expressió canviava, tornant-se més seriosa i aspra. Ella va respondre amb una veu més pausada, "No, no conec aquest nom. No em sona de res".

Encara que la Briony va negar conèixer el nom, en George no acabava de creure's del tot la seva resposta. Va haver-hi un canvi en l'actitud de la Briony que no va passar desapercebut per a ell.

La conversa va continuar, i la Briony va afegir: "Jove, recorda el que us vaig dir quan ens vam conèixer sobre com el mal ens aguaita, i no sabem d'on pot venir? No seria forassenyat pensar que aquest tal John Lugh tingui alguna cosa a veure amb la desaparició del vostre gat. Podria ser que us hagi estat observant des del seu pis a l'altre costat dels patis. Com us vaig dir, també va desaparèixer el gat dels antics propietaris del vostre pis".

En George es va sentir pertorbat, considerant la possibilitat que l'anciana hagués estat al corrent del seu enigmàtic veí i no els hagués dit res amb claredat quan van acudir a ella per primera vegada.

En aquell moment, la Briony va treure d'una butxaca del seu vestit el que semblava ser un penjoll. "Et faré un regal", va dir amb solemnitat. "Si us plau, no el rebutgis. Per a mi té molt valor. És un amulet d'origen cèltic, una triqueta. Protegeix a qui el porta de les forces del mal".

En George es va quedar estupefacte davant el gest de l'anciana, però per cortesia va estendre la seva mà per a rebre el penjoll. "Gràcies", va respondre, una mica aclaparat. "Encara que no crec en supersticions", va prendre l'amulet de brillant metall i el va observar breument, veient que tenia una forma triangular composta per tres arcs entrellaçats. Li recordava haver vist una cosa així abans en internet o en alguna altra botiga de bijuteria barata.

La Briony es va acomiadar amb una mirada sàvia en els seus ulls. "Espero que us protegeixi contra el mal que ens aguaita, en aquesta lluita eterna entre el bé i el mal. Perquè sota la superfície de les aparences, un pot trobar el mateix mal; el mal és molt més antic que la mateixa espècie humana, ja existia molt abans que el primer home comencés a caminar alçat. Fins aviat, jove. Cuida molt de la teva preciosa dona i que tingueu sort".

En George es va quedar certament intranquil després de sentir tot allò. I li va venir a la memòria aquella veïna octogenària que es van trobar al carrer agafant amb els seus dits aquell petit crucifix. Sense saber massa què dir, balbotejà un "Adeu, senyora", mentre ella es retirava tancant la porta davant la mirada atònita d'en George, i deixant-li amb encara més interrogants i amb una sensació d'inquietud.

Mentre tornava al seu pis, la conversa amb la Briony continuava ressonant en la seva ment. Sentia a la seva mà el metall de l'amulet escalfat per la seva pell que l'embolcallava, i encara que no creia en totes aquelles històries del be contra el mal, que li havia intentat inculcar aquella anciana, no va poder evitar sentir una esgarrifança momentània recorrent la seva esquena. Passades unes hores, l'arribada de la Montana li va donar cert consol, i va decidir compartir amb ella tot el que li havia ocorregut aquell dia tan intens en emocions.

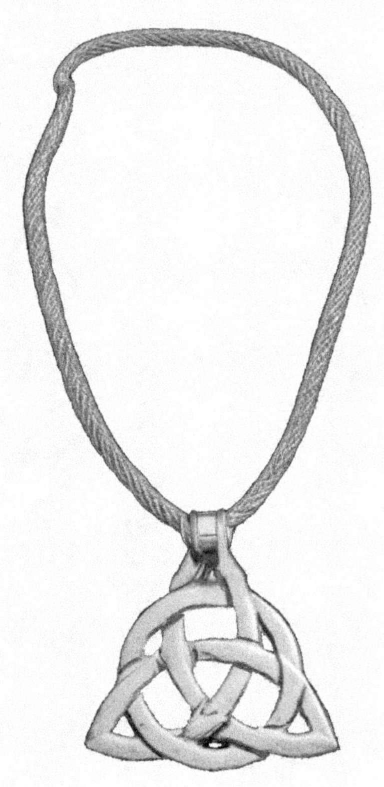

CAPÍTOL 6:

L'AMULET

"No puc creure-ho, George", va exclamar la Montana amb sorpresa. "Realment vas anar a trobar aquell home? A esperar-lo a la sortida de casa seva? Saps que podria trucar a la policia i acusar-te d'assetjament. Quina vergonya, George! No creus que has anat massa lluny?"

En George va respondre amb una mescla de determinació i frustració. "Amor, necessitava fer alguna cosa. Vaig intentar parlar amb ell des del balcó dies enrere i simplement em va ignorar, com si no existís. I el fet que la garsa m'aparegués al parc? No puc evitar sentir que hi ha alguna cosa més que no podem veure. I, sincerament, no et sembla estrany que algú amb tant de sobrepès pugi les escales tan ràpid? Aquest veí no és el que sembla.

"La Montana va reflexionar sobre les paraules d'en George, tractant d'assimilar la situació. "Bé, el que pugés les escales tan de pressa podria tenir una explicació lògica. Igual està molt més en forma del que sembla. I, respecte a això de la garsa, podria ser només una coincidència, no creus?

Sempre es veuen algunes garses pel parc. Quan penso en què li haurà pogut passar al Sunny em poso molt trista. Estarà amb algú? O li haurà passat alguna una cosa dolenta?"

Però en George no es va rendir i va continuar, "Ja, però no oblidis que, com a aficionat a l'ornitologia, sé molt bé que les garses gairebé sempre van en parelles, i aquesta estava sola. És possible que es tractés del mateix individu que vam veure amb el collar d'en Sunny".

La Montana li va contestar, "Sí, George, ja sé que entens d'ocells, però com has dit, gairebé sempre van en parelles, no sempre".

En George va continuar ofuscat, "Però espera, hi ha una cosa més inquietant: aquest home es diu John Lugh, vaig poder veure el nom en la seva bústia. Investigant una mica, vaig descobrir que el seu cognom, Lugh, coincideix amb el nom d'un déu celta associat amb el sol, la guerra i l'art. A més, vaig anar a parlar amb la Briony d'ell, ja que vaig recordar que ella portava aquell vestit de color verd amb aquells símbols que semblaven cèltics, recordes? Vaig pensar que igual sabria alguna cosa més sobre aquell cognom".

La Montana el va mirar amb vehemència. "Lugh, ha de ser un cognom d'origen irlandès i res més. Segurament apareixen centenars de persones a internet amb aquest mateix cognom. Però, espera un moment, vas anar a parlar amb la nostra veïna sobre tot això?"

En George va assentir, amb una mescla de nerviosisme i vergonya. "Sí, li vaig preguntar si sabia alguna cosa del Sunny, i després vaig aprofitar per a esmentar el nom d'aquest veí. Quan li vaig dir, la seva expressió va canviar radicalment i es va posar molt seriosa. Va començar a parlar novament sobre el mal que ens aguaita i va suggerir que aquest home podria estar relacionat amb la desaparició del Sunny. Fins i tot va insinuar que ens observa".

De sobte, en George li va mostrar l'amulet cèltic que li havia regalat la Briony, sostenint-ho en l'aire agafant-lo pel cordill. "Mira això, Montana. Em va donar aquest amulet de metall. Una triqueta em va dir que se li diu. Segons em va explicar, serveix per a protegir-se del mal".

La Montana va mirar l'amulet amb escepticisme. "George, tot això sona una mica a superstició. Realment creus que aquest tros de metall pot protegir-te d'alguna cosa? Sincerament, l'amulet sembla més aviat una quincalla. He vist penjolls similars en botigues de bijuteria barata o en parades de mercats ambulants".

En George va respondre amb calma, "Sí, vaig pensar el mateix que tu sobre l'amulet quan me'l va donar. Però espera un moment!", va exclamar molt inquiet, "Crec que he vist una cosa similar en un altre lloc fa poc." Sense perdre temps, va córrer a buscar la seva càmera i va començar a revisar les fotografies que havia pres del veí escrivint a la seva habitació, just abans de fotografiar aquell dibuix eròtic. Va trobar tres fotos del veí davant de la seva taula, i en elles va poder veure que portava un penjoll de metall suspès del coll. En George va ampliar al màxim la millor imatge de les tres, en la zona del pit, amb ulls atents, va observar que es tractava d'una espècie d'amulet. Sense perdre temps, es va afanyar a mostrar-li la imatge ampliada a la Montana.

Ella va observar la imatge amb sorpresa, els seus ulls es van clavar en l'amulet que l'home portava al pit. "És cert! He de reconèixer que sembla que té alguna cosa en comú amb aquest amulet de la Briony, semblen com tres espirals entrellaçades. Però, què pot significar tot això?"

En George va encongir les espatlles, compartint la mateixa estupefacció. "No ho sé, Montana. Anem a cercar a internet, a veure què trobem".

En George va anar a buscar el seu ordinador portàtil i el va posar en marxa. Després de teclejar les dues paraules clau "amulets celtes" en un cercador, va aparèixer una llista de resultats. Sorprenentment, el primer de la llista s'assemblava moltíssim al que portava el veí: una trisquela.

La Montana es va quedar bocabadada per la troballa. En George va llegir en veu alta: "La trisquela és un símbol de tres espirals unides que representen la trinitat. També s'associa amb el poder i la força. Es diu que la trisquela protegeix el seu portador de les forces del mal".

La Montana va comentar amb sorpresa, "Mira, un altre amulet celta per a la protecció contra el mal. I el que t'ha regalat la Briony? Apareix aquí?"

En George va continuar navegant per la pàgina web i, després d'uns segons, va trobar una altra informació. "Aquí està, la triqueta", va dir mentre llegia en veu alta: "La triqueta és un símbol de tres corbes unides que representen el passat, el present i el futur. També s'associa amb la trinitat, la fertilitat i l'eternitat. Es diu que la triqueta protegeix el seu portador de les forces del mal".

L'habitació es va omplir d'un silenci inquietant mentre en George i la Montana assimilaven la informació. La connexió entre els dos amulets, l'amulet del "Buda taronja" i el de la seva veïna, semblava massa coincidència. Les al·lusions de l'anciana sobre que el mal pot trobar-se en els llocs més insospitats, sota la superfície de les aparences.

En George va acabar dient, conscient que tot allò semblava una bogeria, "Ho sé, Montana. Sembla de bojos. Però alguna cosa en tota aquesta història em fa pensar que hi ha una connexió entre aquell home i l'anciana, i et diré més, amb la desaparició del Sunny, i fins i tot podria ser que amb el tràgic final d'aquella parella que vivia aquí".

Amb la nit avançant, i totes aquelles càbales que discorrien per la seva ment, en George estava decidit a desentranyar el misteri que envoltava a aquell home, el "Buda taronja". Encara que pogués ser perillós, encara que potser estava anant massa lluny, no podia ignorar la sensació que una força fosca i desconcertant els estava aguaitant.

CAPÍTOL 7:

EL MAL ASCENDEIX A LA SUPERFÍCIE

L'endemà, en George va decidir quedar-se a casa a treballar amb el seu portàtil, mentre la Montana s'acomiadava d'ell per a anar a la botiga. Van intercanviar un breu petó a la boca de comiat, dient-li ella seguidament: "Adeu, *carinyo*, que passis un bon dia". Ell li respongué: "Igualment, amor".

En George continuava totalment obsessionat amb el seu veí. Va fixar la mirada a la terrassa d'aquell home. Encara que va poder albirar llum a l'interior de l'habitació, la porta de la terrassa del veí romania tancada; no hi havia rastre de l'home de taronja. Van passar unes hores, i una tempesta va avançar des del nord. Es podien sentir els trons acostant-se cada vegada més. Van començar a caure gotes gruixudes d'aigua del cel; en tot just uns minuts, va començar a ploure torrencialment.

En George es va dirigir al balcó, i mirant a través de la cortina de pluja, la seva mirada es va posar de forma gairebé instintiva cap a la porta del "Buda taronja". La seva sorpresa va ser veure un paper de color taronja enganxat al vidre per la part de dins. Va anar corrent a buscar els seus prismàtics i, en enfocar el paper a través del cristall lleugerament entelat, va distingir una paraula escrita en lletres majúscules, amb traç gruixut i en color vermell sobre el fons del paper taronja: "VINE".

No podia creure el que estava veient. Un remolí de pensaments contradictoris va creuar la seva ment: des de la possibilitat que l'home finalment es volia sincerar amb ell, fins al dubte de si podria tractar-se d'un parany sinistre. No obstant això, va decidir armar-se de valor, va mirar novament a l'exterior i va notar que la pluja estava minvant. Va prendre l'amulet que li havia regalat la Briony de damunt la seva taula, gairebé sense pensar-ho, potser amb l'esperança que d'alguna manera pogués ser-li útil, i se'l va guardar en la butxaca del seu polo de màniga curta, d'un intens blau turquesa.

Mentre baixava les escales cap a la sortida de l'edifici, els lladrucs d'en Balor, el terrier de la Briony, ressonaven des del pis de l'anciana. Va arribar al carrer i es va dirigir immediatament cap al parc; encara plovisquejava i els trons retrunyien a la llunyania. Va baixar amb una certa precaució per les escales d'acer mullades, arribant al començament del carrer del veí.

En pocs minuts, en George va ser a la porta de l'edifici del "Buda taronja", va provar d'empènyer-la, descobrint que estava oberta. Algú havia accionat el pany elèctric des d'algun pis abans que ell arribés; va pensar que segurament havia estat aquell veí sorrut. Llavors, encara que una esgarrifança va recórrer el seu cos dels peus fins al cap, va decidir continuar amb una certa precaució. Va trucar a l'ascensor perquè baixés, però immediatament va reflexionar sobre la idoneïtat de pujar en ell. Finalment, va optar per desconfiar i pujar per les escales des de la planta baixa fins a la cinquena planta, encara que hagués de fer l'esforç.

Quan va arribar al replà de la cinquena planta, es va adonar que la porta del cinquè segona estava entreoberta. El seu cor bategava amb força, però va decidir fer front a les seves pors i va avançar. Va empènyer la porta amb cautela i va cridar, "Hola? Hi ha algú?". Va notar una forta olor de molsa, semblant a l'aroma que evoca un bosc mil·lenari. Va experimentar una estranya sensació en trobar aquella olor en aquell lloc.

Una llum càlida al final del passadís es filtrava, i en George es va acostar pas a pas cap a ella. "Senyor Lugh, és aquí?", va dir amb to alt. Després continuà, "Què vol de nosaltres? Per què ens fa això?"

En arribar a la porta de l'habitació, va veure que dins no hi havia ningú. Va entrar i la seva mirada es va posar immediatament en la taula; l'home havia fet un nou dibuix. La imatge li va gelar la sang: una dona de cabell llarg jeia a terra, envoltada per un gran toll de sang. Sobre ella, havia dibuixat un arc de Sant Martí. En George es va quedar perplex en contemplar aquell macabre dibuix. Sota el cos de la dona va poder llegir: "Briony Morrigan", escrit a mà alçada. Seria aquell el nom complet de la seva veïna? Alguna cosa li deia que ben bé podria ser-ho.

Va observar uns folis escampats sobre la taula, amb estranys símbols que l'home havia escrit segurament durant hores. Va detectar un patró repetitiu en el seu contingut, com si repetís les mateixes frases una vegada i una altra, com si es tractés d'un mantra. Un soroll sobtat vingut de l'entrada el va fer girar bruscament, aconseguint veure una figura que desapareixia per la porta del pis; no hi havia cap dubte que era la del "Buda taronja". Va sentir tot seguit com començava a baixar les escales a tota velocitat. Sense pensar-ho, el va seguir en la seva fugida.

En George sortí al replà de l'escala cridant: "Esperi, no fugi!", sense pensar-ho, va prémer el botó per a trucar a l'ascensor, per a així atrapar-lo a la planta baixa. L'ascensor pujava lentament, es va obrir la porta, va pujar d'un salt i premé el botó de la planta baixa. Es va tancar la porta i començà a baixar lentament. Va frenar bruscament i la porta es va obrir deixant veure el vestíbul, en George sortí de l'ascensor amb rapidesa just a temps per veure a l'home de taronja en el vestíbul que sortia cap al carrer amb una velocitat sorprenent. Va començar a córrer darrere d'ell, veient que l'home sortia cap a la dreta, en direcció a les escales del parc. Quan en George va arribar al carrer, es va aturar en sec. Va mirar cap a la dreta, però no es veia a ningú. Després mirà cap a l'esquerra i tampoc, ningú. El fugitiu havia desaparegut per complet. No donava crèdit al que estava passant, va pensar per a si mateix: "Com pot haver-se esfumat per complet aquest home? He sortit a penes uns segons després que ell al carrer".

Desconcertat, va decidir tornar al seu edifici el més aviat possible, pujant ràpidament les escales cap al parc, considerant la possibilitat que aquell veí estigués jugant amb ell deliberadament. En arribar a la seva entrada, se li va ocórrer una cosa: mirar les bústies. Es va dirigir cap a elles i va comprovar el nom de la seva veïna de replà, apareixia escrit: "Sra. Morrigan i Balor". La seva veïna Briony es deia Briony Morrigan, el mateix nom que havia vist en el terrible dibuix a casa d'aquell veí.

Un cúmul de pensaments i teories van inundar la seva ment; cap d'elles semblava tenir sentit. Quina relació tenia la Briony Morrigan amb aquell home anomenat John Lugh? Per què havia fet aquell dibuix tan pertorbador posant al peu el nom de la seva veïna? Com podia ser que aquell home corpulent s'hagués esvaït en l'aire? En George es va sentir atrapat en un enigma que cada vegada es tornava més intricat i fosc.

CAPÍTOL 8:

EL MAL EMERGEIX DE LA SUPERFÍCIE

En George va pujar al seu pis i va notar que la Montana ja havia arribat a casa. En veure que havia deixat la seva bossa en el penjador i sentir un corrent d'aire, la va cridar: "*Carinyo*, on ets?"

Sense obtenir resposta, va pujar pels esglaons de fusta cap a la planta superior del dúplex, observant que el finestral de porta corredissa estava obert, i va cridar de nou: "*Carinyo*, ets aquí fora?"

Enmig del seu desconcert, va sentir la veu de la Montana cridant: "George, soc aquí, a la teulada del bloc del costat! He vist al Sunny!"

En George va sortir precipitadament a la terrassa i va mirar cap a la seva dreta, d'on provenien els crits. Va veure a la Montana caminant per la teulada mullada encara per la pluja, avançant mig ajupida prop de la cornisa. "George, Sunny era aquí, l'he vist!", "Sunny, vine amb la mamà!"

Preocupat, en George va cridar: "Montana, torna! No veig al Sunny, això és perillós!"

La Montana es va girar cap a ell de nou, i en aquell moment, el peu esquerre li va relliscar i va perdre l'equilibri. Va caure a la teulada i va anar rodant cap a la cornisa, on es va precipitar al buit. Un crit esgarrifós de la Montana va ressonar en l'aire, seguit per l'escruixidor soroll de l'impacte del seu cos en el sòl.

En George es va acostar ràpidament al límit de la terrassa i va mirar cap avall, amb el cor bategant desbocat en el seu pit.

Va veure a baix, en una terrassa de la planta baixa, el cos de la Montana en el terra, immòbil, un toll de sang s'expandia lentament. Es va quedar petrificat, incapaç de creure el que veia, i va cridar amb desesperació: "No!", posant-se les mans al cap.

Immediatament, va sentir un crit provinent de la terrassa on havia caigut el cos de la Montana. En George va observar com una dona el mirava des de baix, els seus ulls es van trobar breument en un silenci carregat d'angoixa. En George, amb llàgrimes en els ulls i les mans al cap, es va agenollar, amagant-se darrere del muret de la terrassa, parlant per a si mateix: "No pot ser, això no pot ser real".

Van passar uns segons, que van semblar una eternitat, amb els ulls plens de llàgrimes per la immensa tragèdia que acabava de presenciar. Finalment, es va aixecar i, amb la mirada gairebé perduda cap avall, va veure al "Buda taronja" a la seva terrassa, observant impertorbable el que havia succeït. En George va intercanviar una mirada carregada d'odi amb aquell home; aquest últim no mostrava gens de sorpresa per la fatal caiguda.

El veí va fer mitja volta i va tornar a l'interior de la seva habitació, tancant la porta després d'ell. En George no podia creure's aquella actitud tan freda i mancada d'empatia. En aquell mateix instant, la tempesta, que havia estat testimoni de la tragèdia, donava pas a un arc de Sant Martí distant en el cel.

Un dolor punxant li va travessar les dues temples, i una onada de ràbia va créixer en el seu interior, dirigida cap a aquell home de taronja, qui semblava haver presagiat en el seu dibuix i tal vegada desitjat la tragèdia que acabava d'ocórrer. En George es va dirigir amb determinació a la cuina i va agafar el ganivet més gran que va trobar.

Sense tancar la porta darrere d'ell, va sortir precipitadament del seu pis i va baixar les escales veloçment. En el vestíbul d'entrada, es va trobar amb un veí de l'edifici que el va mirar amb sorpresa i molta inquietud en veure'l empunyant l'enorme ganivet, amb una expressió d'ira en el rostre.

En George va sortir al carrer i va avançar ràpidament cap al parc. Una parella que passejava per allí es va quedar atònita en veure'l amb el ganivet. Les sirenes dels serveis d'emergència van començar a sonar en la distància, alertats per la veïna de la terrassa on reposava el cos de la Montana.

Va arribar a les escales d'acer i va baixar precipitadament pels esglaons metàl·lics. En l'últim replà, quan li faltava només una desena d'esglaons per a arribar al final de les escales, va escoltar un grall pròxim a la seva dreta. Sobresaltat, va girar-se de sobte per mirar, però l'escala metàl·lica estava relliscosa per la pluja i va perdre l'equilibri.

Es va precipitar pels esglaons metàl·lics, deixant caure el ganivet. El so metàl·lic del ganivet, en impactar en els esglaons, va ressonar en l'aire mentre en George rodava per l'escala, incapaç de detenir-se. Finalment, va arribar al terra de la vorera del carrer i va aturar-se, romanent inconscient sobre el fred i humit paviment de la vorera.

En la seva ment, va desfilar un carrusel d'imatges: la Montana al terra de la terrassa, la sang escampant-se, la mirada gèlida del "Buda taronja", el sinistre dibuix a l'habitació, la mà de la seva veïna Briony sostenint l'amulet, els dibuixos del seu gat Sunny i la garsa, la garsa amb el collar de la seva mascota.

Mentre jeia en el paviment, prop d'ell va aterrar la garsa. Va fer uns graciosos saltirons a terra i va recollir el penjoll amb el seu bec, l'amulet havia sortit de la butxaca del polo d'en George en la caiguda. Després d'agafar el penjoll, va alçar el vol remuntant l'escala, fins a posar-se en un arbre del parc.

Després d'uns minuts, en George va començar a recuperar la consciència lentament, tot i que se sentia atordit per la forta caiguda. Aviat va començar a percebre l'olor d'humitat a l'ambient. En mirar cap amunt, va veure a un home vestit amb el seu uniforme blau i la seva gorra de policia. Les paraules de l'agent sonaven com un ressò distant al seu cap: "Senyor, no es mogui. L'ambulància no tardarà".

En la distància, una veu femenina va començar a parlar per la ràdio: "Central, aquí unitat 605. Tenim un possible 10-53. Al sospitós l'hem trobat a terra, al peu de les escales del parc del nord-oest. Està conscient, però sembla haver sofert una commoció a causa d'una caiguda. Necessitem assistència mèdica per a avaluar el seu estat. Hem trobat el ganivet amb què ha sigut vist, a terra prop d'ell. Notifiqui-ho a la brigada d'homicidis".

Des de la central, una veu masculina va respondre, precedida per un breu xiulet en la ràdio: "Unitat 605, rebut. Confirmem l'informe d'un possible 10-53. La víctima sembla ser una dona trobada en un edifici pròxim, on s'han desplaçat la unitat 609 i els serveis mèdics. Hem alertat a la brigada d'homicidis perquè es dirigeixin a les seves posicions. Mantingui's en el lloc fins a la seva arribada. La unitat 602 es dirigeix cap a la seva posició per a custodiar al sospitós per si fos necessari el trasllat a l'hospital".

La garsa, entre el baluern de les sirenes i les llums estroboscòpiques parpadejants dels vehicles d'emergència, va alçar el vol des de la seva talaia, portant en el seu bec el penjoll celta. Va descendir amb gràcia i es va posar en el muret d'una terrassa pròxima. Amb un moviment deliberat, va deixar l'amulet de metall en la pedra grisa que coronava el muret i va emetre un nou grall.

Van passar uns pocs segons, i la porta corredissa de vidre que donava a la terrassa es va obrir, revelant la figura fràgil d'una dona anciana. Era la Briony Morrigan, amb el seu vestit verd onejant al vent i la seva cabellera platejada despentinada, va avançar lentament cap a on estava posada la garsa. De sobte, el còrvid, amb els seus colors antagònics, blanc i negre, com els del yin i el yang, va alçar el vol emetent un nou grall, com si s'estigués acomiadant de l'anciana.

La Briony va recollir l'amulet de metall amb una expressió reflexiva i el va mirar durant uns instants. Després, amb serenitat, el va guardar a la butxaca del seu vestit, on els símbols cèltics brodats en or semblaven cobrar vida pròpia sota la llum del capvespre.

Els seus ulls grisos es van perdre en els seus pensaments com si estigués visualitzant la tragèdia que acabava d'esdevenir. Com si el que havia succeït no fora amb ella, cosa que era més aviat al contrari. El mal formava part de la seva essència, una força incontrolable que la impulsava a actuar. Actuar en aquest món; un món que havia canviat tant, massa, per al seu pesar.

Havien passat ja tants segles des de la seva aparició. Va néixer gràcies a la imaginació dels homes i dones que la van conformar, a ella i a tants altres éssers mitològics. Creats amb el més brillant i el més miserable de la humanitat. Amb el bé i el mal com a colors bàsics d'una paleta amb infinitat de tonalitats.

Era potser l'enyorança d'aquells gloriosos temps ancestrals, abans de caure gairebé per complet en l'oblit dels homes, la qual cosa l'empenyia a actuar en contra d'aquells que no s'ho mereixien? O era l'enveja suscitada en veure l'amor entre aquella jove parella? Qui podia saber el que passava per la ment de la deessa celta Morrigan? Amb una mirada plena de nostàlgia fixada en la posta de sol, els seus pensaments es van esvair en l'ocàs d'aquell càlid dia d'estiu.

*Morrigan és la deessa de la vida i la mort, de l'amor
i la guerra. Ella és la força de la natura, l'energia que
dona forma al món.*

*Balor, fill del déu Lugh, líder dels gegants Fomorii,
senyor de la mort, el que porta la destrucció.*

Mitologia celta

Estimat/ada lector/a,

Gràcies per arribar al final del meu llibre. Si l'has gaudit,
t'animaries a deixar una ressenya a Amazon o en altres llocs,
i a recomanar-lo a altres lectors?
Els teus comentaris, com t'he mencionat al pròleg, són clau
per ajudar-me a continuar creant més històries com aquesta.
T'agraeixo per endavant el teu temps i suport.

J. F. RHODEHOUSE